내게 거는 주술

정은대표시선 277

내게 거는 주술

정복언 제2시집

정은출판

| 시인의 말 |

흙 부스러기 다독이며
사유의 알갱이 흩뿌렸지만
웃음 벙근 풀꽃 하나 없다.

등성이 넘는 노을에 바칠
한 줄 캐려 서성이던 밤이
그대로 통점의 추억이면 좋겠다.

아직은 갈 길이 있어서
신발 끈 조이며 하루를 연다.
모든 게 감사하다.

2022년 9월
정복언

| 차례 |

2부 - 미완의 꿈

3부 - 이야기를 방류하다

4부 - 선인장을 읽다

1부

봄에 투항합니다

목련꽃

겨우내 맑은 눈물로
마음의 얼룩 다 지웠으리

하얀 웃음 살포시 머금고
사분사분 봄나들이

총총한 나그네 눈길 낚아채며
들고 온 촛대에 불을 켜네

사나흘은 족히
허공이 환하겠네

내 마음 우울한
찌꺼기도 다 태우겠네

꽃의 성지

꽃은 은유의 바다
수많은 물방울이 하나씩 비늘을 꽂으며
바닥으로 파닥이지만
날개 달린 가슴은 마른 숨결로 헉헉거린다

꽃의 성지를 기웃거리는
뿌리의 모성은 햇살에 죽는 불운의 대명사

어둠에서 솟아난 꽃은
그늘에 짓눌린 사람들에게
한평생 밝은 미소를 선사했노라고
몸을 두고 떠난 이들에게
얼룩을 지우는 덮개가 되었노라고
연인들에겐 다양한 꽃말로
마음을 열었노라고
저마다 공을 털어내지만

성지의 문지기는 꽃향기에 취해

문고리를 잡은 채 잠에 나자빠지고
이 강산에 계속 꽃이 피어야 한다는
굳은 신념을 건네듯
바람은 꽃을 흔들며 지난다

진선진미의 꽃잎으로 덮인
흰 장미 하나 꺾어 들고
꽃의 성지를 찾아 문 두드릴
미래의 누군가는 사람으로 다시 태어난
어느 무명초가 되리란 찬란한 예감

돌아선 나비

하얀 나비 한 마리
산딸나무 꽃 위를 서성이다가
돌아서네

하얀 유니폼 입고
둘러앉은 저들
진수성찬 즐기는지
봄볕 공연 한창인지
순식간에 탐색하며

은근슬쩍 작전을 도모하던
설레는 눈빛만
허공에 펄럭이더니
실망 한 아름 털어내며
훨훨 날아가네

첫 인연이란
쉽거나 어렵거나

손 밖의 일

수줍어하면서도 열정은 깊어
천 리를 못 갈까
나 보란 듯이
돌담 너머 팔랑팔랑 날아가네

민들레 홑씨

순간이었습니다
눈 뜨고 눈 감는 일이

내 영혼의 골에

그득 맑은 햇살만 채워 놓고
또랑또랑한 눈물만 담아 놓고

온 들녘 휘돌았습니다만

아, 인생이란 그것
배우지 못한 채입니다

까무룩 잊힐 곳으로
바람 타고 소리 없이
가볍게 떠납니다

떠나다니

새순 같은 연인
황홀한 종점을 꿈꾸며
거친 계절과 맞섰지만

낮달의 정분은 구름에 먹히고
앙상한 그리움만 뚝뚝
빗물 내리네

웃음으로 출렁이던 날은
금가는 조짐도 없이 안간힘으로
손잡은 인연을 수장시키며
운명의 긴 그림자를 남겼네

추억으로 익지 못한 사생아
울음 삼킨 입이 쉽디쉽구나
부르지 못하는 당신, 그 이름 하나
오늘도 가로등은
떠난 그림자를 더듬네

꽃의 그림자

꽃이, 무심한 무명초들이
강산에 여기저기 피고

사람들도 마음의 밭을 일궈
봄마다 꽃씨 뿌리고
낙원의 길을 꿈꾸지만
한 발 디디기도 전에
바람 몰풍하게 휩쓸고 지난다

꽃의 미소에 가린 속울음은
종소리 젖가슴 더듬듯
허공의 놀이터를 찾지 못해
바닥으로만 숨어들며
날마다 그늘로만 짙어 간다

그러나, 슬픈 운명이듯
추락은 하여도 타락하지 않아
내일도 꽃은 빛을 짊어지고

산하를 누비며 찡그린 얼굴에
꽃송이 내밀 것이라

봄에 투항합니다

귀로 보고 눈으로 듣고 싶은 날이 있어요
며칠 굶어도 배부른 꿈은 아직 유효해요
그림자를 떼어내려고 안간힘을 쓰던 시절
빛이 몰고 온 봄날의 푸른 날개가
마당에서 파닥거렸어요
동생들과 허기를 공처럼 걷어차며
한참 뒹굴던 시절은 집 둘레를 들락거리며
돌탑처럼 자라다가, 아무렇게나 쌓여
매화의 풍장처럼 무너졌어요
절정과 바닥의 경계를 모른 채 얼룩을 하수구에 처박을 때도
서쪽 하늘은 노을에 불타며 추락하더군요
시간을 묶으려고 바동거린 꿈은 참 재미있었죠
눈들만 모였다가 귀들만 모였다가 손발들만 모이기도 했어요
산수국 무더기처럼 비슷한 냄새로 끌리는 무엇
그게 봄의 헛기운이란 걸 햇빛이 말해주더군요

그저 기대라며 허공은 등을 내밀지만
나는 지금도 눈부셔 손으로 휘젓곤 하지요

그게 나의 적극적인 투항이에요
봄은 맨손으로 오는데 나는 오금이 저려
한 발짝도 뗄 수가 없네요, 나는 백기를 들었어요
어서 포박하세요, 봄 뜰에 피어난 늙은 나의 미완성마저

배롱나무꽃

연례행사가 된 다비식이다
허공에 불을 질러
석 달이 지나는데도 아직 식지 않아
가지 끝에서 춤추는 불꽃

죽어야 비로소 깨어나는
불가해한 경전
나더러 읽으라고 읽어보라고
심장 소리 풍경으로 매달았네

내 삶을 너덜거리는 남루를 벗어
낙엽 태우듯 불을 놓고
쓸쓸히 돌아설 심산이지만

지독하구나, 불타지 않는
내 탐욕의 찌꺼기들
바람아 불어 다오
한 줌의 재도 내겐 벅차구나

봄꽃 지다

꽃망울
고고성으로 부풀면

앙다문 향기도 참지 못해
천식으로 쿨럭거리고

봄날은 눈먼 풍경을 해설하며
마취도 없이 가슴 도려내는
그 비장한 핏빛에

너나없이 꽃잎에 걸터앉아
전진을 꿈꾸지만
꽃의 마술이 짧은 바람에
위대한 시간은 언제나 해롱거리는
미완의 손짓

불꽃놀이

한순간에 타오르는 것
그게 젊음인 게야

어린 가슴에 묻었던 별
유성으로 내릴 때도
반짝이는 순간이었지

한 생을 걷노라면
멀리서 손짓하는
눈부신 추억이 눈물겹지

갇혀 있는 기억을
밤하늘에 소환하면
불꽃 같은 절정은
누구에나 있는 법이거든

뭇 시선들이
환호하며 부러워하는

더는 구차할 수 없는
순수한 마음에 번지는 황홀
그대여, 아직도 태울 게 남았잖은가

또 하루

굽은 삶 달래려
손발은 마음을 이끌며
삼백육십오일
쉼 없이 드나드네

미풍에도 휘둘리던
짜릿한 순간들은
강물처럼 떠나고

풍화를 기다리는
생의 옹이를
부둥켜안고
체온으로 덮는다

지워질 흔적 건너며
잠자리에 들어
하루살이를 되짚노라면
어느새

불면을 파고드는
곤한 잠

깨어 보니
새 아침
아름다운 순환이네

제비꽃

내 생 초라하여라
목숨 한 번 걸어 본 적도 없이
그저 밥이나 빌었으니

손발이 신음하며 생계야 꾸렸지만
야수처럼 불온하게 몸 던져 본 적 없으니
빵만으로 사는 게 아니라고
어떻게 감히 이야기하랴

무승부는 싱겁다고
구경꾼처럼 투덜대면서
이념의 전장엔 눈 감고
칼자루 한번 쥔 적 없이
바스러지는 내 핏줄의 만가

오늘도 고개 숙여
멀어지는 말발굽 소리
더듬다, 불쑥 일어서는 굴욕의 칼날

기어이 휘두르리라, 불꽃 튀던
한순간은 있었다 전하리니

백목련

노상 나를 걷게 했지
더딘 걸음으로 허공을 향하노라면
비바람이 떼 지어와 바닥의 소식을 전하고
지쳐 쓰러진 날엔
따스한 햇볕이 등을 다독였지

시간은 한결같은 걸음으로
내 곁을 지나치지만
늙은 걸음으론 따라갈 수 없었네
이제 잘 가라
밤새워 작별의 언사를 퇴고하고
허공에 마음을 하얗게 걸어놓았네

얼음장을 녹여 가며 기지개 켜는 봄날
활짝 한 번 웃었으면 충분타며
내년을 기약하지 말라는 말
떠나다 희미하게 남아 있네

지나는 길손 잠시 눈길 멈추니
상실의 시간을 재촉하듯
얼룩진 가슴을 떨구며
다들 속죄하는 눈빛이라네

달빛 그리움 건네네

가을밤
하얗게 부서진 달빛
감나무 홍시에 매달리고

발갛게 익던 인연은
풀벌레 울음처럼
아스라이 스러졌네

세월이 흘러도
불씨처럼 되살아나는
한 조각 그리움

별빛 뒤에 숨어
가슴을 휘젓네

돌아서야지 하면서도
자꾸만 되돌아보는
당신의 발자국

>

문신처럼 똬리 튼
동행했던 시절은
세월이 늙어서도
영영 지울 수 없네

꽃의 기도

충만한 눈빛으로
어루만지던 세상
인사도 못 하고 이별하는 날

머금은 미소 지우지 마시고
튕겨 나간 소음들도 모두 거두어
고요만을 남기게 하소서

연어의 귀로처럼
파닥이는 희망으로
별빛 당기어 높이 오르게 하시고

눈먼 바람처럼 어루만지며
인연의 젖은 눈을 닦으시고
애절해서 해진 마음도 기우소서

문득
수척했던 삶도 그리워지면

몰래 묻어둔 재회의 씨앗
봄 되면 움트고 꽃피워

벌 나비 불러들여
쿵덕쿵덕 시간의 목 껴안고
마르지 않는 세월 이어가게 하소서

보기 좋아요

보기 좋아요

아침 햇살이
푸른 잎사귀 위에서 뛰노는 모습
비 갠 하늘에 무지개 걸리고
빨랫줄에서 턱걸이하는 물방울들

꽃잎 사이로 벌들이 노동요 풀어놓고
바람 타고 온 노랑나비 한 쌍
춤사위 새로 쌓이는 밀어의 풋풋함

흰 머리칼 세월 품으며
손 맞잡고 걸어가는 등 굽은 부부
웃음 만발한 하회탈 같은
얼굴들이 보기 좋아요

멀리서 창문 열고
아기 하품에도 손뼉 치는 별빛

설레는 하루하루 이어가라며
슬쩍 카메라 셔터를 누르네요

생의 어디쯤 박힌 사진 한 장
주위를 다 품었네요
참 보기 좋아요

낙화 6

쾌락의 비명을
한 줌 흙에 건네는

서늘한 이별식은
낯선 흙더미에서
의욕을 마름하다가

시절을 마저 채우려
떠나는 봄을 붙잡네

햇살 맑은 날
가젤처럼 통통 튀기도 했던
추억의 부스러기들

주름 접어 껴안는
씨앗의 둥지엔
봉긋한 통증이
이슬처럼 서리네

2부

미완의 꿈

낮달

늙은 세월이
컹컹 목이 메는
막다른 골목

깨진 가슴으로
스며 나는
침묵의 말을
움켜잡고

사랑의 유랑자
바람처럼 흘러온
한 줌의 생

밤의 어둠을 잃고
허공에 남긴 유언
겹겹으로 봉인하고
구름 뒤로
낙관처럼 눌러앉네

당신의 촉

두꺼운 금고 깊숙이
사유의 뼈와 감정의 살점들을
감추었지만

어김없이 족집게로 끄집어내어
현미경으로 관찰하며
살아 있는 세포를 걸러내는 당신

내 영혼의 진저리를
한의사 장침 놓듯
헤집으며 내일은 나을 거라고
눈짓 하나 남기고

절뚝이는 걸음 외면한 채
종점에서 만나자며
아픔의 환희 같은 처방도 없이
바람처럼 가버리는 당신

남겨준 여백을 밟고
천천히 와도 좋다는 의미일까
밤새워 되새김질해도
엿볼 수 없는 안갯속 당신

어떤 이유

터수를 넓히려는 필생의 역작은
늘 왜소한 문장으로 태어난다

봄비의 애무에 신난 호박넝쿨
사유의 더듬이같이 허공을 찔러보며
차별 없이 손잡는 호방함으로
하루가 짧다

적막은 천적처럼 별빛을 사냥하고
깃털 비비는 새들의 심장 소리
억새꽃 긴 울음에 스민다
기다림은 기다림을 낳고
구름에 걸린 종소리도
가시처럼 가슴에 박혀
고립의 탈출구를 더듬는다

외롭게 허물어지고 싶어도
슬픔은 한 번에 소진할 수 없는 것

>

그대여 즉사를 꿈꾸지 말라
빗나간 불화살은 불문율처럼 수치로 남아
땅속에서도 불면을 태울 수 없으리니

매미

조는 나뭇가지
찌렁찌렁 흔들며
한철 읊은 지상의 노래

성대결절에 빛은 잦아들고
온몸이 퇴화의 덫에 걸려
살며시 벗어 논 소리의 껍데기들이여
삶의 외피는 선연한데
죽어버린 소리는 입이 없어
우화를 꿈꾸는 자들에게
오지 말라고, 제발 오지 말라고
바둥거리는 유언 한 조각
한 겹 메아리도 없이
허공에서 하얗게 부서지네

아픔을 느끼지 못해
시시한 세상이라고
누군가는, 예술을 탐하는 누군가는

안락사를 꿈꾸기도 하겠지만

내년에도
매미 울음은 눈물처럼 젖어 들어
내 노래는 온통 뒤틀리며
어느 가지를 붙잡고 하소연해야 하나

시간의 식욕 같은 시퍼런 순환의 굴레
밀고 당기는 목숨이네
이따금 어른거리는 내 허상의 실루엣 같은

발아의 꿈

봄씨앗
맨땅에 엎딘 채
겨울 찬바람에 오돌거리며
흐느낄 때
눈송이는 수북이 쌓이며
뒤척이는 밤을 어르네
꿈결의 봄날은 아득한데
백설이 읊는 하얀 시 한 줄에
영혼이 귀 열면
생명은 푸르게 일어나
꽃으로 내미는 미소
봄은 기어이 오는 것이네

거미

허공으로 투망하는
노련한 흉계여

날아든 생을
한순간에 삼키고

바람 붙잡고 흔들리는
삶의 역설

생명, 사는 일이
먹는 일이라

오물거리는 입이
자꾸 클로즈업되는

누구의 과녁인지요

그리움은 숨어 피는 꽃
댓잎 사각거리는 소리 귓전에 들이고
샘물로 마음 씻어 침묵을 낳고
떠난 임 발자국에 입맞춤하는
결 고운 그림자
누구의 과녁인지요

태초의 옹알이 일으켜
찢긴 봄날의 남루를 깁고
해맑게 미소 짓는 시간의 걸음마 재촉하며
가장 멀어진 시간을 추억하는
제의 같은 눈망울
누구의 과녁인지요

날마다 하늘을 바라보라는
허공을 긁어대던 새들의 비명은
노을이 즐기는 추임새, 산허리 휘돌고
구름도 걸터앉아 상실의 생채기 어루만지며

세월의 못 자국에 바르는 사유의 육즙
누구의 과녁인지요

고요한 마음에 돌멩이 하나 퐁당 떨어져도
잔물결 고이 잠든 시간 속으로
증발한 세월만 멀미하는 쓸쓸한 별빛에 끌려
빈손으로 명중을 꿈꾸는 나는
나의 빛나는 과녁, 활대처럼 가슴이 휜다

그리움 1

빈 가슴에
추억 품으면
복사꽃 환한 웃음

별로 떠난
임 그리워
휘청대는 세월

계절은 오가고
꽃은 피고 지는데
꿈길 아득하매
만날 수 없는

뭉친 그리움에
인생의 잔해 되살아나
운명의 아린 통증에
날밤 새우네

낙엽 3

햇살 향해
두 손 모은 삶
푸름이 익어 붉게 물들다

허공 떠나
새로운 나들이
비바람 거세어도
가야 하는 길

가슴으로 삭풍 안고
밟히는 고통 품고
새길 떠나는 노래
귀 울림 시리다

빛이 어둠 되어
고이 놓은 숨
한 잎 영혼의 추억
바람으로 남는다

갈구

불잉걸 위에
내 마음 올려놓으면
시벌건 한 줄 문장 태어날까

빙벽에 내 마음 걸쳐 놓으면
또랑또랑한 눈망울로
세상을 읊조릴 수 있을까

내 마음 날개 키워
파란 허공에 걸터앉으면
내 안의 내가 무수히 튀어나와
사막의 낙타도 타고
길 위의 길, 지워진 길을 걷고

알프스의 독수리 불러 모아
썩은 마음 다 뜯어 먹도록
주술도 부르고
그러다가 어둠으로 모여든

모든 나를 내 속에 집어넣고
냉수 한 잔 들이켤 수 있을까

아득히 작아진 내가
개미가 지나는 길 비켜서서
그저 바라보며 멍때릴 수 있을까

미완의 꿈

유혹은 달콤하여
미끼와 바꿔버린 물고기의 생이
잠깐, 허공에서 팔딱거렸다

더는 나아갈 수 없는 길 끝
탈주를 포기한 눈망울이
세상을 밀어내지 못했다

내가 하늘 천정을 박차고 싶듯
물 밖의 환한 햇살을 동경도 했겠지만
새의 날갯짓처럼 허공을 헤집고도 싶었겠지만

꿈은 꿈으로 빛날 때가 빛나는 것이라
제자리에서 흔들리며
독한 발자국들로 빈 잔을 채웠으리

간간이 비틀대는 꿈을 수장하며
절규를 불태우는 번개의 막춤을

오직 한 번 보고 싶었지만
파도를 일으키는 건
언제나 이루지 못한 꿈이었지
꿈·꿈·꿈

메아리

역설의 방에 갇혀 허풍을 떤다
세상은 살기 좋다거나 참 어렵다거나
그건 네 마음이란다
결국엔 다 썩어질 날것들이 가끔은 환하게 웃고
유치한 실패를 팽개치며 떠벌리는 막말 잔치
그건 네 입이란다
강소주에 담긴 고통의 살점들을 씹으며
인생을 생트집하다가 가슴 가득 차오르는 울분
그건 네 심장의 고동이란다
가파른 하루살이 등성이를 떠밀며
허공을 떠도는 정신줄 붙들고
고공의 외줄 타기 놀이에 취해
겨울이 품은 연둣빛 물오르는 소리
못 들었다면
그건 네 변명이란다

수다에 달뜬 메아리, 메아리
온통 나의 말이구나

>

침묵의 벽에서 되돌아오는
나의 숨결을 밤새도록 부둥켜안고
귀 세워 네 목소리 기다린다

울음의 종결을 꿈꾸며

세월을 펼치면
고양이 등뼈 같은
웅크린 울음이
입술을 뒤트네

자신을 시험하듯
나무는 하나둘 욕심을 털고
시간의 뿌리를 키우는데

숲을 흔들던 새소리
길 찾아 떠나고

내 울음만 남아
몸 휘돌며 뻥 뚫린 출구를 찾네

실컷 소리 없는 울음이라
요란한 달빛이 찾아와도
식음 전폐한 빈집의 이야기는

침묵으로 잠들고

허물어진 제단은 오늘도
결핍의 잎들만 무성하고

바람의 훈수

누가 내 시집을 읽은 후
시가 안 들었다고 평하더라

그대는 붕어빵에서
붕어를 본 적 있느냐고
나직이 대꾸했지만

왠지, 맑은 세상에
시 쓰레기 한 움큼
내다 버린 것만 같아
머리가 새하얘졌다

숨 놓기 전
시 한 편 건지려
천하를 주유하듯 기웃거릴 때

바람이 스치며 한마디 한다
가슴 깊이 들어가

어두운 골목 끝에 매장된 원석
한 짐 짊어지고 와 보았느냐
그걸 걸러내
바람을 만들어 봐라 한다

나는 맥 없이 주저앉았다가
번쩍 정신 들어 일어섰다
불가능에 도전할 때 뿜어나는
눈부신 광채를
간밤 꿈에서 보았기 때문이다

다시 별은 뜨겠지

어둠 속으로 기어들던
소망 부스러기들 아침엔
부스스 눈을 뜬다
나무들의 생울음도 푸르게 방울진다
땅속을 움켜쥔 뿌리는 흔들리며 길을 찾고
불면의 너울을 시간의 날개에 올려놓는다
잠은 천년쯤 묵어야 맛이 나는 것
늘 선잠으로 청량감을 뒤쫓지만
헛헛함은 깊어만 지고
해체된 의미를 기워보지만
작은 생명은 늘 울음이 차다
발광하고 싶어 바위에 부딪는 파도처럼
어두운 골목의 물상은
마모되는 시간에 휩쓸린다
목숨의 중심엔 무엇이 깃들어
벌레처럼 기어가는 하루의 심호흡
축제의 그늘에 짓눌린 채
하늘을 올려다본다

>

다시 별은 뜨겠지

어둠을 불사르겠지

세월 소묘

세월의 알은 어디서나
출산의 기쁨처럼, 고통처럼
늙은 책갈피 구석구석에서
푸른곰팡이 껴안아 뒹굴고

아직 싹트지 못한 잎새가
늦봄의 두 팔에 안겨
눈 감고 숨을 고르는
정갈한 시간도 속절없이 떠나고

바람 소리에 화들짝
귀 열던 연꽃이 흙탕물 헤치며
선홍빛 날개 파닥거려
포만을 쏘아 올리면

영혼의 푸른 걸음마가
뉘 손에 이끌린 양
종종걸음으로 너덜겅을 건너며

억겁을 향한 비상의 꿈으로
마르지 않는 세월 앞세워
홀로 턱 고이네

추락

날개의 추락은
쉬운 결말
꽃 지는 일처럼
해 뜨는 일처럼
그런 길이다

그러나
내가 던진 말의 칼날은
바람을 아프게 하고
걷어찬 돌멩이는
발길질을 껴안고 뒹굴었다

저마다 길은 깊어져
불꽃도 숨을 멈춘 쉼터에서
한순간 낙하하는 잎사귀처럼

나는 추락하는 꿈으로
자꾸만 가슴이 뒤틀린다

3부

이야기를 방류하다

동백꽃

역사의 굽잇길에서
칼바람을 맞서며
붉은 항변 토해 놓고

굽힐 수 없는 이념
목숨보다 귀히 여겨
젊음마저 스스럼없이 떨구는
투혼의 절규

4월을 활활 태워
기억 깊숙이 찍어놓은 화인
붉디붉어 천년인들 못 넘으랴

피멍의 속울음
산천에 콸콸 뿌릴 때
하늘 향한 길은 여한이 없어
곶자왈에 뿌리 박은 깃발
그 심장 소리 쩌렁쩌렁 펄럭이는

범종

울음을 다스리는 방식은 저마다 달라
몸속에 단단히 가두어도
나는 항시 탈주를 꿈꾼다

눈 맞은 사람 가슴에 안기고픈
풋사랑은 어딘들 못 가랴
방황의 꼬리는 당겨도 끌리지 않는
신열만 쏟아내며 여기저기를 헤매고 나서
슬며시 제 몸속으로 든다

그리운 시간을 끌어모아
꽃 벙글 듯 허공에서 산란하는
맑은 울음의 향연은
언제나 빛나는 삶의 방식

오랜 세월 질곡의 울음을 끌어안고도
안으로만 삭이신 어머니는
한 번도 범종으로 울지 못했다

울음의 탈출이 허용되지 않은
단단한 일생이었다

아무려면

찔끔 장마 시작되더니
뒤란 텃밭에 생기 도네
갓 대궁에 무수히 맺혔던
꼬투리 흙과 입 맞추더니
무수히 돋아난 파릇한 생명

네 또한 한세상 건겠지

철없이 나는
삶을 생각하며
괴로운 심사를 들추다가

저 너머 세상살이도
이와 같을 터

종교를 난도질하여
영영 죽음으로 끝이라면
참으로 좋겠다고

부질없이 생각다가
금세 되돌리네

아무려면
저 새싹들의 귀에
간지러운 한숨을 들이밀 수야

문득

사는 게, 문득
부질없는 놀이만 같아서
붉어지는 눈시울

땀을 지고
가파르게 오르던
시절

피는 꽃도
고단하다고
온 힘으로 웃던 모습

슬픔이 각인되어
굴곡진 길
이제 뒤돌아보네

슬픔의 뒤안은 이별
떨군 낙엽도, 내 마음일까

빈 가지 끝에 매달린
눈길 하늘거리네

웅변

가을은
단풍잎 하나로
그것 하나로
하고픈 얘길 다하더군

그대 가슴도
붉어지던가
활활 타버리던가

어떤 승부

침묵과 수다가
목숨 걸고 맞장뜬다

쉬지 않고
시시콜콜 온갖 말의 잡동사니를
동네방네 떠벌리는 수다쟁이가
잠시 숨을 돌리는 사이

침묵이 큰 포대기로
말의 씨앗까지 쓸어 담고
허공으로 훨훨 날아간다

수다쟁이는 사라지는 침묵을
멍하니 쳐다보며
입 앙다물고 가슴만 치는데

나는 괜히 키득거리고

밥

날마다
내 안간힘이
그 길을 지나는구나
허기진 발걸음
비틀거리더니 흔적들을 더불고
목젖을 넘는구나

한세상이 이렇게
단순하던가
궁박에 포박당한 나날들
바둥거리다 세월마저 늙었으니

내 어느 젊은 날
식은 밥그릇 앉힌 절뚝이는 밥상
걷어찬 죄, 발설하지 못한
울음이 참회보다 두려워
하늘만 바라보는 날이면
이따금 튀어나와

밥상 앞에 마음을 끓게 하네

밥으로 살고 밥에 죽는
하 수상쩍은 사람 중 하나
바로 나였으니, 한 이틀쯤 곡기를 끊어
허기진 포만을 어르려 하네

수월봉 단애

크고 작은 돌멩이들을
집어삼키던 뜨거운 입술이
심연을 헤집고 솟구칠 때
한 입 베어낸 퇴적물
태고의 숨결로 일렁인다

소리를 가라앉히고
풍경을 뒤흔들며
눈 맑게 깨어날 미래를 향해
달려온 의지의 맥박이
오가는 물결에 손을 흔든다

삭은 나뭇가지에 매달린 날 선 까마귀 울음
허공에 길을 내며 파닥이던 기러기 날갯짓
그리움에 불타던 단풍의 붉은 심장도
다들 마디마디 금 간 세월을 먹으며
허기를 달랬으리

파도여
내 살을 깎아
태고의 울음으로 먼바다를 건너도 좋다
그대를 마중하는 기다림 아득하여
지는 마지막 햇살이 어루만지는
불꽃의 무덤은 영원히 삭지 않으리니

강대나무

한라산 주목 백골로 서서
들녘에 스민 까마귀 붉은 울음
천년이나 파먹으며, 파먹으며
입이 닳아도 할 말이 남아

절망의 응달에서도
얼음장 같은 싱싱한 표정으로
팔다리 잘리고도 고통이 부족하다는
그 역설의 언어는 얼마나 깊어지려는가

계절은 봄을 실어 나르며
등나무꽃 휘어지는 시간을 예언하지만
나는 귀 먼 청맹과니
부끄러운 눈길 돌려세우며
바득바득 가슴을 열어
동글동글한 새소리나 꺼내고 싶은

갈잎 앞에서

해무를 뚫고 가는 무적 따라
부서지는 새벽이 너울거린다

오늘도 기약 없이
꽃은 낭랑하게 울음을 터뜨리고
떠난 발자국은 종점에서 머뭇거리려니

지난 일은 밤새 피곤한 헛기침으로
부레처럼 발돋움을 꿈꿀 테지만
풋풋한 시절은 세월의 퇴적층으로 기어들고
첫새벽은 늘 첫새벽으로 울음 운다지

삶의 몰락에서 추동력을 주워 담는
늙은이, 호출되는 추억으로 헐떡이고

하나의 불티로 세상을 밝혔던
나의 가슴은 무심히 갈잎을 바라볼 뿐

이야기를 방류하다

개울물이 이야기를 이끌고
바닥을 찾으며 걸어가다
멈칫할 틈새도 없이
벼랑을 뛰어내리는 그 순간
저절로 튀어나는 비명,
그 비장한 아우성이 서로 엉켜
다시 잊힌 듯 잊지 않고
커다란 웅덩이에서 나그네처럼
걸어온 길을 더듬는다

혹한이 다가올 징후는 사라졌지만
라떼를 펼치며 살아온 이야기는
유연한 관절의 무용담 같은 것
언젠가
침묵의 혀가 옹이처럼 굳어질 때
천년을 꿈꾸기 위해 스스로 얼음 속에
갇힌 백만장자는 어느 날 벌떡
일어나 아득한 미래의 세계에서

더 아득한 과거를 증언할 수 있을까

봄의 기운으로 빙벽에 갇혔던 소리들은
다시 할머니 옛이야기 풀어놓듯
겨울 이야기를 풀어놓을 즈음
나는 닳아진 귀 대신 온몸으로
고요 깊숙이 기어들어 잠든 말을 흔들어
깨울 것이다

나 이제는

이제 묵묵히 기다릴 시간

어느 길에서 헤매던 깨달음이거나
새벽에 울던 별빛의 이야기거나
떠난 이웃의 볼에 머물던 웃음이거나
봄에 다가온 목련의 수줍음
이런 것들을 가슴의 갈피에 넣어 두고

허공으로 흩어진 가족의 온기를
다시 수습해야 한다
아버지 등에 업힌 지게의 무게이거나
어머니의 주름 잡힌 손매가 낸 김치맛이거나
아, 그 가슴에 묻힌 아들 무덤의 울음이거나

잊힐 수 없는 것들을 품어야 한다

퇴화한 날개의 추억이거나
고립을 택한 바위섬의 노래이거나

감정의 찌꺼기를 포획한 기도의 눈물이거나
땀으로 익힌 울분이거나
내질러 갈라진 매미의 노래이거나

살면서 기억되는 시간의 잔해들도
포근히 감싸고

몰풍한 비바람의 횡포를 떨치며
얼음 속의 봄 이야기를 기다려야 한다
묵묵히 기다려야 한다

본디

눈망울 부풀린 길고양이
돌담 위에 몸을 웅크린 채
지나는 발걸음에 시선을 꽂고
사람의 마음을 헤집는다
뜰까 말까 계산하는 찰나의 순간은
생명체의 허방다리를 주무르는
운명이 즐기는 비공식이다

뜰에 핀 연분홍 달리아 꽃잎
내 눈길 끌면서 허공으로 발돋움하면
속수무책 이끌려 어디쯤에서
눈 감고 돌아설지 몰라 막연히
삶의 빛깔 움켜쥐는 건 허기진 습성이다

기우는 그림자의 침묵이 건네는
울어서 아름다웠다는 말 귓속에 남아
힘껏 쌓아 논 탑 와르르 무너질 때
꿈틀거리는 감각은

늙어서 익히는 헛기침이다

한때는 천둥과 발맞추던 발걸음
빈 뜰에 쏟아진 달빛에 숨어들 때
홍시의 빨간 애무에도 목석처럼
생존의 몸부림으로 새벽을 맞는 건
오랜 걸음의 춤사위다

파도의 백서는 오가며 고쳐 쓴다지만
어제의 뿌리는 뽑히고 내일의 씨앗은
허공을 파고드는 내 생의 현장

본디 그런지 몰라

끈

영상 속 세상은
눈이 수북이 쌓여
군데군데 검은 절벽만이
이방인처럼 서 있고

검은 어미 곰을 빼닮은 새끼 곰이
천지의 시선을 끌며
가파른 등성일 오르고 있다

세상 풍파 겪어온 어미는
미끄러지는 걸음을 능숙하게 버티며
벼랑 위로 올라섰지만
새끼는 기어오르다 미끄러지길
수없이 반복한다

어미는 사투를 벌이는 새끼를
지긋이 바라본다

새끼는 기어이 어미 곁으로 다가섰고
그제야 안심이라는 듯이 어미는 앞장서서
숲속으로 걸어간다

새끼 곰이 포기하지 않고
벼랑을 오를 수 있었던 건
어미가 눈길로 끌어당긴 힘이었다
응시의 끈은 질기고 질겼다

아내에게

우리
이제 참 멀리도 왔네요
쫓기듯 내달리다 구르기도 하며

양 볼에 복사꽃 피던 시절은
강물이 실어 갔을까요
바람이 낚아챘을까요

아들 셋 키우느라
휘고 휜 허리 곧추세우며
무연히 올려다보는 구름 조각들
그대로 흐르라 하네요

밤하늘의 별빛
촉촉한 눈망울에 내려앉아
함께 걷는 길 밝히니
애틋하여라, 맞잡은 손

막다른 시간을 세공하느라
주름진 얼굴에 쓰인 생의 이력
고이 꺼내 닦고 다듬어
환한 웃음으로 만들어 봐요

광채 사위어도 빛나던 삶은
지나온 날 당신의 눈물만 같아라

가슴 후비며 하는 말이오
사랑해요, 여보

무전 박명

의술이 눈부셔
낡은 부품 교체하듯이
사람의 장기도 이식하는 시대이건만
코로나19의 위력 앞엔
인간 생명이 한갓 낙엽이네

오가는 건 당연한 인생사지만
팬데믹의 장벽 때문에
가족들 눈 맞춤도 없이 떠나는
외로운 영혼들

한때 파릇한 생명으로
삶의 구석구석 헤매던 추억마저
묵묵히 버렸을까
'유전 장수, 무전 박명'을 울부짖듯
병원에 가 보지도 못한 채
바다로 걸어가 생을 마감한
잡초 같은 미국인들의 영상

>

파도에 휩쓸리는 주검들은
산 자의 눈망울에 무덤을 남기고
바닥을 기었을 삶 내려놓으니
포대가 수의 되었네

육신을 떠난 영혼일랑
좋은 세상 만나길
파돗소리, 쉼 없는 독경이네

침묵의 깊이

바위와 눈 마주치면
넙죽 엎드려 여쭈고 싶네

억겁의 세월을 담아 논
이야길 어찌 침묵하는지

돌꽃이 아무리 졸라대도
강물처럼 깊어지는 묵묵부답

모든 게 언어이니
그대로 보고 들으라고
요지부동 바위는 입을 닫네

파란 하늘의 눈짓에도 아랑곳없이
눈감아 생각에 잠기며
침묵의 깊은 맛을 즐길 뿐

귀를 여는 건 네 일이라는 듯

4부

선인장을 읽다

중독된 허기

삶의 늪에 빠지면
중독된 허기는 포만을 잊는다
오지 않는 행운을 고대하는 문의 녹슨 돌쩌귀가
세월 속에 늙어가지만, 사람들은 포기하지 않는다
새장에 갇힌 새 날개를 접듯
비린내에 절면 금세 중독돼도 모른다
배 떠난 물 위 생채기 아물 듯
누리던 안락이 잠들면
가슴은 메마르고 푸석한 말만 흩어진다
절망은 용케도 늙을 줄 몰라 비틀거릴 뿐
잊힌 상처가 또아리 틀며 살아난다
종아리가 길을 누르듯 튀어나오는 절규를
목젖이 삽시에 틀어막는다
분수는 솟구칠 때 절정의 환희를 춤으로 보이지만
부서지는 건 한순간
팽팽하지 못한 기다림이 봄을 시들게 한다

끼리끼리

태풍을 휘두르는 번개의 소란에
박수로 맞장구치는 천둥의 섬뜩한 울음은
한 무리의 생활방식이려니

잿빛 하늘 업고 가겠노라고
무지개 등허리 구부리는 것이나
눈 호강 시킨 접시꽃
살포시 발등에 내려 간질이는 눈짓이나

노을빛에 태우지 못한 욕망 덩이를
망치로 헛방치는 도로의 손놀림도

실은 오십보백보

굽은 시각으로 세상을 보거나
눈 감고 어둠의 속살을 만지거나
생명에 매달린 안부조차
때론 서글퍼지는 법

>

반짝이는 별빛 쓸어모아
가슴 인형 만들며
잡은 손이 전율하는 가여운 영혼

이제 귀소의 본능으로
짙은 어둠이 엉덩이 털고 일어나길
부질없이 소망하는
민망하여라, 내 인생의 자화상

사랑과 상처도 한 통속
강물 흐르듯 세월에 떼밀리듯
인연의 거미줄에 걸린 채 걸어갈 뿐

여름, 그 시절

열기를 밀고 가는 행렬
그 여름은 왕성했다

굵은 땀방울처럼 매달린 잎새들
지친 시선을 끌어안아 멱 시키고

쩍 갈라진 붉은 수박이
서리하며 쿵덕거리던 가슴을
끄집어내 웃음 풀풀 날렸다

청춘의 오열로
매미 울음이 멀구슬나무 휘청이고
뙤약볕에서 김매던 조막손
누런 얼굴의 땀을 훔쳤다

잉걸에 달궈진 쇠붙이 꺼내들고
힘껏 내리치는 대장장이의 망치질 소리
쩌렁쩌렁 여름이 흔들렸다

>

생채기로 파닥이던 순수를
벌컥벌컥 들이켜며
밤하늘의 유성을 향해
긴 꿈을 그러모으던 여름, 그 시절
이제 늙어 에어컨 냉기에 오돌거리니
여름도 함께 쇠잔해 가는 모습이다

겨울 통신

계슴츠레 겨울빛 다가오면
퇴화한 소리가 몸속에 들어
눈뜬 잠이 신열에 뒤척인다

향기 짙은 꽃 이야기도
늘그막엔 귓전에서 밀려나고
글썽이던 울음마저 질척이다
가슴 밖으로 내몰린다

겨울은 지독한 아집의 계절
땅속으로 기어드는 봄날의 꿈은
백 개의 입을 달고 드나들지만
나는 귀를 틀어막은 지 오래다

그만 채우라는 말도
본능으로 날 세운 독수리 발톱에 채여
허공에서 찢기고

화들짝 놀란 나의 눈망울엔
풍경이 없다, 그저 유폐된 의미가
바스락거릴 뿐

눈사람

너나없이
한파에 웅크릴 때
내 눈은 번쩍 뜨이지
별난 놈이라고 말하지 마시게
햇볕에 절망하는 몸이라오
단명이 집안 내력이지만
선 자리에서 몸을 태우는
이도 성불 아닌가

태우다 남을 영혼의 사리
작은 돌멩이 하나 엎드렸거든
걷어차지 마시게
누구에게나 단단한
생의 옹이는 귀한 거라네

눈물로 살을 불사르고
그 자리에서 한 생을 바친
수도자의 물그림자 하늘을 덮네

소멸을 꿈꾸며

나 이쯤에서
저녁 종소리 등에 지고
저벅저벅 걷고 싶네

혼자는 외로워
평생 귓속에 절어 든
울음들, 반들반들 닦아
등줄기 땀 흐르도록 짊어지고
서산을 넘고 싶네

화창한 날
가슴에 모아둔 여린 풀꽃들
다 꺼내, 어린 추억들마저
모두 태워버리고

방금 돋은 날개로 높이 오르는
맑은 종소리 끌어안은 채
허공으로 하르륵 소멸하고 싶네

그러려니

제 세상인 듯
허공을 찢어대던 매미 울음
가을 등에 업혀 가고

어둠을 흔들며
쉼 없이 목소리 다듬은
풀무치의 하루
솔바람 타고 노닐 때면

춥고 배고팠던 시절이
소리 없이 다가와
기억하냐고 눈을 말똥거리네

옷소매로 콧물 훔치던
조무래기 얼룩진 얼굴도
그런 시절이라 그러려니 했었네

머언 길 돌고 돌아

편한 세상 짊어져도
끙끙거리는 사람들 틈에서
그러려니 하며 또 하루를 건너네

어떤 부고

죽어서 평등하다는 말은
허구의 정점에 매달아 놓고

잘 죽기 위해 살아본 적 없는
그는, 곰팡내 물씬한 반지하에서
홀로 막막한 세상을 떼미느라
꿈의 가느다란 기둥 하나 못 세우고
평생 휘청대며 쿨럭였네

때론 소주 몇 잔에 기대
달빛 서러워 문을 걸어 잠그고
지워진 발자국에 귀 기울였지만
물새도 뜸한 지 오랜 섬이었네

틈새로 스미는 바람이 종종 왕진와선
아직 쓸 만하다며 돌아서곤 했는데
이번엔 차가운 손으로 진맥하더니
말을 아끼며 떠나네

>

소리가 진동 모드에 갇히더니
거추장스러운 육신을 벗어놓고
훨훨 자유롭게 떠났을까
그는

냄새의 짙은 글씨가 찍힌
한 생의 부고는 오래오래 썩지 못하리

선인장을 읽다

나의 심장은 밤낮없이 마음을 펌프질합니다
그때마다 날카로운 얼굴이 태어나지요
내밀한 흉계가 이목구비 되어
세상의 악담을 즐겨 마시노라면
안팎의 색채가 같다는 호평을 듣기도 합니다
길이 지워진 혼돈의 세상이라고
날카로운 비수를 감추고 천사의 날개를 빌려
세상을 분탕질하는 모조품보다야 낫겠지요
그러나 함부로 다가오진 마세요
주어진 거리보다 가까워지면 본의 아니게
꿈틀거리는 가학증이 부풀어 오를지 모르니까요
눈감은 바람이 다가와 나를 쓰다듬다가
고통의 진수를 들이켜고 윙윙 울 때
나도 함께 울며 생각했어요
왜 태어났을까, 왜 태어났을까 하고
원망이 아니라 근원을 찾고 싶은 거지요
그건 숨 놓을 때 아는 거라고
꿈에서 도인이 일러줬어요

그러면서 살고 싶은 대로 살라 하기에
강고한 습성대로 사막의 별을 훔치러
고향으로 돌아가렵니다
물가의 유혹을 멀리하라는 선대의 유훈을
날마다 되새깁니다
푸른 발자취를 잠시 남기고 싶어서지요

오름

보드라운 능선이
물결로 일렁이네

저 선을 얼마나 쌓으면
어머니 품이 될까

마음 시린 날 어서 오라며
먼빛으로 살피시고

그리워 다가서면
푸근히 껴안아
그렁그렁한 눈가를
닦으시고, 닦으시고

과거가 피다

기억의 흉터에 꽃이 피는 건
마음이 조금 익었다는 신호일지 몰라
사막의 길을 바람에 실려 달리며
폭풍을 만나던 청춘의 이력은
담벼락에 걸린 햇살이 짐 싸들 듯
진즉 떠나갔지만
정갈한 호흡으로 진화하던 과거가
메아리로 돌아와 함께 눕는다
곁에 있어야 몸짓이 되고
앓던 꿈도 기지개 켜며
막막한 세상이 채색된다는
널린 말들이 때론 고마워
일일이 악수하다 마지막
나누고픈 인사, 꼭꼭 품으려 했지만
몇 걸음 질러가다 터져버리네
사랑, 내 영혼이 건네는

묘비의 침묵

망자의 입이 되려
발화법을 꿈꾸는 그대
천 년을 고뇌하다
침묵에 잠들어
박제된 문자의 눈빛뿐

달빛도 애처로워
무시로 찾아와도
굳은 입술 말이 없네

또 천 년쯤 지나면
어느 내공 쌓은 전문의가
풋풋했던 시절을 씹으라며
치아 심고 혓바닥 살릴지 몰라

꽃은 세월을 긍정하며
풍문을 나르네
허공에 흩어진 숨결 모아

잠든 자 복제한다는

깨우지 마라, 깨우지 마라
이생은 한 번으로 족한 것을

풍경의 동살

통통배 두어 척
포구의 너울을 넘으며
출어를 꿈꾸는 동안
안개가 다급하게 날개를 펼쳐
불면을 탈탈 털어내며
세상을 껴안습니다
갯바람에 취한 모래알들은
파도에 쓸린 언어를 꺼내
실어증을 치료하듯 날것의
풋풋한 생각들을 주입하고
저문 해는 지금쯤 응달의 잔설을 보며
아득한 시간을 수선하고 있을 겁니다
풍경은 어둠에 앗기고
불온한 터널을 기웃거릴 것이고요
울화에 불을 질러 통증의 핏빛을 태우면
파란 하늘이 태어날까요
세상은 꿈길에도 걸음을 앞장세워
삶의 건널목을 기다리는 중입니다

저마다 삐걱거리는 날갯소리
그건 작지 않은 희망입니다

두렵구나

늘그막, 내 가슴의 뜰에서
질긴 세월 버텨온 잡풀
죄다 뽑아내고, 그 자리에
코 고는 참회 깨우려
빽빽하게 엉겅퀴를 심고 싶다

내 삶의 뼈대가 무엇인지
흐물거리는 일상을 예리하게 도려내고
혹한의 개울, 두꺼운 얼음장 밑
눈물처럼 맑은 물에
온몸을 녹아내리게 담그고 싶다

들풀로 순응하며 걸어온 세월인데
주름진 허기가 이리도 깊어
망각의 들판에 지워지는 발자국
다시 찾아볼 수 있을까

빛과 어둠 사이에서

잠든 빗장을 뒤트는 순간
단절된 시공이 재생될까 봐
두렵구나, 계속 가야 한다면

돌탑

서로서로
가슴 기대며
손잡고 일어섰다

지나는 길손
소원 하나 올리더니
자라는 상생의 높이
세월을 품었다

침묵에 좌정하고
귀 열어 놓아
신음소리 어루만지며
천년을 머금었느니
시원의 숨결
푸르고 푸르다

얼룩진 마음 씻어달라고
해묵은 소원 올리려니

와르르 무너질 것만 같아

난감하다, 어찌하리까

노을

서산에 업혀 가는
내 세월 속에 나풀거리는 한 오라기
눈 감고 온 길 되돌아보네

내일보다 오늘이라고
늙은 몸이 나지막이 말하네

세상에 널린 길에서 의미를 줍고
고통의 심연에서 뒹굴던 신음이
구름 흐르듯 삶의 변주였음을 알아가네

소리를 잃어버린 내 귀는
침묵의 손을 잡고 걸음마를 떼려 하고
추락해 버린 말의 잔해들은
멍때린 채 먼 산을 보네

감정의 격랑에 휩쓸린 채
그냥 웃어보자고, 아니 울어보자고

무릎 꿇고 두 손 모은 이 시간
공허함을 밀치며 노을빛에 물드네
생의 부스러기들
나들이한다고 밖을 기웃거리네
그것뿐이네

내게 거는 주술

호수에 안긴 하늘 미안한 얼굴 보시고
늙은 가지에 안긴 새들의 미소도 보시게
이승의 한낮은 육탈을 예언하는 시간
지는 꽃의 순한 유서를 읽으시고
착한 나무 선 채로 기도하는
천년의 세월을 가늠해 보시게
슬픔이 기쁨을 호출하는 삶의 쳇바퀴
알 듯 말 듯 오름은 능선을 이루고
날것들의 생피를 안타까워하는
녹음 짙은 계곡의 탄식을 들어 보시게
가을날 은행잎 쏟아지는 사랑의 허망을
심장으로 느끼며
잠들지 않고 부르는 시간의 자장가에
곤히 잠들어 보시게
투박하고 성긴 나의 시는 흙의 거름으로 쓰시게
혹시 움트는 싹이 손 내밀거든 후하게 덮어 주시고
땅이 메마르기 전 물도 뿌려주시게
사는 게 그런 거라고 속된 말을 거두시고

바닥에 무릎 꿇고 천지 더럽힌 일 참회하시게

해설

시적 변용과 추상의 형상화

시집『내게 거는 주술』에 나타난 정복언의 시 세계

東甫 김길웅(시인·문학평론가)

1_

요즘 양산되는 시를 보면, 초보자든 시력을 쌓은 이든 시인지 산문인지 구분이 안 서는 무책임하고 방만한 시적 해체 양상을 보인다. 산문을 행과 연으로 전개했다고 시가 되는 것이 아니다. 뒤죽박죽 조잡하기 이를 데 없는 잡문적인 실험시에다 시라 이름을 다는가. 당찮은 일이다.

시의 요체는 함축이다. 소설 한 권으로 담을 것을 시 한 편으로 요약해 쓴다면 함축적 표현에 의탁할 수밖에 없다. 이쯤에서 중요한 것이 시적 변용과 형상화, 시로 함축시키는 필수적 기법이라는 사실의 재인식이다.

변용이란 일종의 데포르마시옹(deformation)으로 대상을 재현하는 게 아니라, 시인의 주관에 의해 그 형태를 변개變改하는 수법으로 시적 경지에 접근하기 위해 필수 불가결한 함축적 표현을 의미한다.

또 눈으로 볼 수 없는 추상적 대상을 감각적으로 표현하는 것을 형상화라 하는데, 오감으로 인지할 수 없는 추상을 시·

청·촉각 등으로 감각화한 것이다. 형체 없는 것에 형체를 부여하는 기법으로 빌린스키의 이른바, "철학자는 삼단논법으로 얘기하고, 시인은 형상이나 그림으로 얘기한다."고 한 형상적 사유를 뜻한다.

따라서 변용과 형상화는 시인에겐 상상이고 독자에겐 감동의 형식으로 인식되는 것으로 이를테면 예술적 재창조다. 시적 변용과 형상화를 통해 시가 시로서 함축적 기능을 다할 수 있음은 더 말할 것이 없다.

첫머리에 시적 변용과 형상화라는 화두를 내놓는 데는 이유가 있다. 첫 시집『사유의 변곡점, 2020』이후 놀라운 변화의 궤적, 고작 2년에 불과한데 시라는 창작의 가파른 성장을 통해 나타난 양자 간의 물리적 변화의 거리를 간과할 수 없었다. 정복언은 짧은 시간, 시라는 고봉준령의 능선을 타고 넘으면서 쉼 없이 묵은 시의 허물을 벗어던졌다.

미뤄 보건대, 그에겐 분명, 늦게 시를 시작했으니 앞선 이를 쫓는다는 추월 의식이나 강박관념 같은 게 있어 보인다. 또한 하루 다르게 진행되는 노화에도 걸음을 늦추지 않을 만큼 그에겐 독한 근성이 있다. 앞선 이를 총총히 따르되, 그의 행보는 시종 흩어지거나 초조하지 않다. 그런 무던한 심성이 그의 시를 더욱 충실히, 싱그럽게 했을 것이다.

정복언은 일천한 등단 이력에도 시의 언어는 이미 성년을 넘어섰다. 한데 역설적이게 그의 시가 30대의 풋풋한 향내를 풍기고 있잖은가. 그렇다고 한국시의 전통인 서정성을 파괴하면서, 이상李箱 이후의 난해시 계열도 아니다. 확연한 것은 난해시가 새로운 시인 듯 착각하는 불가해한 일련의 경향을 배척하면서, 그의 시가 평이한 시적 기반에 온존하고 있다는 사실의 발견이다.

이렇게 정복언의 시가 난해시 유혹에서 벗어날 수 있었던 것은 어차피 시가 독자에게 이해 전달돼야 한다는 장르적 신념에 충실하려는 것일 테고, 시적 변용과 추상의 형상화가 바로 그 동력이 됐음 직하다. 변용과 형상화는 마치 고열을 견뎌내 청자의 비색을 빚는 바람과 불의 이중주를 연상케 한다.

지금부터 정복언 시를 시적 변용과 추상의 형상화, 두 개의 관점에서 접근해 보려 한다.

2_

시는 대개 자연을 모방하거나 차용하면서 그것과의 교호를 통해 새로운 세계를 발현해 내는 창조적인 언어 예술이다. 시인의 상상력은 시인의 것이면서 본래 자연에서 발원한 것으로, 그것을 시로 매개하는 게 바로 언어라는 의미다.

겨우내 맑은 눈물로
마음의 얼룩 다 지웠으리

하얀 웃음 살포시 머금고
사분사분 봄나들이

〉

총총한 나그네 눈길 낚아채며
들고 온 촛대에 불을 켜네

사나흘은 족히
허공이 환하겠네

내 마음 우울한
찌꺼기도 다 태우겠네

—〈목련꽃〉 전문

1연—고난의 겨울, 맑은 눈물이 마음의 얼룩을 지워낸다, 카타르시스

2연—고통 뒤, 찾은 웃음이 봄나들이 나선 젊은 날에 열려오는 희망의 여로

3연—걸음 총총한 나그네, 촛대에 불을 켜들어 환하다 저 지등들

4연—마음 졸이면서 사나흘이나 무겁게 드리웠던 어둠에서 떠나오다

5연—마음속 우울의 잔재를 저 촛불, 저 지등들이 다 활활 태워 내리라

백목련일까. 시인의 뜨락에 지등을 단 것처럼 하얗게 피어

있는 정경, 그러나 시인은 눈앞의 꽃 사태에서 카타르시스를 경험하고 젊은 날 희망의 여로를 회상하는가 하면, 환히 지등을 들어 인생 나그네 자아를 밝히고 있다. 어둠으로부터 건져 올린 영혼의 설렘에 숨 가쁜 발걸음 소리 들리더니, 기어이 심층 깊이 도사려 있던 우울의 찌꺼기를 마저 태운다.

자연, 경험, 회상, 기억들이 시적으로 변용·형상화되고 있다. 서경인 듯 서경 아닌 서정이다. 정복언은 집요하게 시에 기울여 온 오랜 내공으로 서정시의 생명이고 시적 표현의 핵심인 변용과 형상화의 묘리를 체득했다.

정복언은 긍정과 부정의 공존·혼효를 탐색하면서 역설의 논리에 천착한다. 생명에서 그 이후를, 시작에서 완결까지를 예감하는 눈 번뜩이는 심안을 품고 있다. 오랫동안 기다려 온 꽃의 개화 앞에서 낙화를 앞당겨 가불하며, 또 그런 현상적인 것에 자신의 생을 대입하기도 하면서.

귀로 보고 눈으로 듣고 싶은 날이 있어요
며칠 굶어도 배부른 꿈은 아직 유효해요
그림자를 떼어내려고 안간힘을 쓰던 시절
빛이 끌고 온 봄날의 푸른 날개가
마당에서 파닥거렸어요
동생들과 허기를 공처럼 걷어차며
한참 뒹굴던 시절은 집 둘레를 들락거리며

돌탑처럼 자라다가, 아무렇게나 쌓여
매화의 풍장처럼 무너졌어요
절정과 바닥의 경계를 모른 채 얼룩을 하수구에 처박을 때도
서쪽 하늘은 노을에 불타며 추락하더군요.
시간을 묶으려고 바둥거린 꿈은 참 재미있었죠
눈들만 모였다가 귀들만 모였다가 손발들만 모이기도 했어요
산수국 무더기처럼 비슷한 냄새로 끌리는 무엇
그게 봄의 헛기운이란 걸 햇빛이 말해주더군요 (후략)

—〈봄에 투항합니다〉 중에서

듣기만 해도 가슴 설레는 말—봄을 '청춘'의 교집합 혹은 부분집합으로 보았음 직하다. 끓어오르는 피, 풋풋한 사랑, 젊은 날의 지독히 앓던 좌절과 울분, 대립과 질투와 단교, 그리고 화해와 짝사랑, 실연…. 그 시절의 전유물처럼 품었던 어휘들. 활활 타오르다 소실하던 기억 속으로 묻혀갔지만, 봄은 부정보다 긍정, 불가능보다 가능에 대한 기대에 가슴 뛰던 계절이다.

정복언은 이 시에서 시적 변용과 형상화를 위해 '봄(청춘)'의 들판에 역설의 깃발로 꽂아 놓았다. '귀로 보고 눈으로 듣고', '굶어도 배부르는 꿈'. '허기를 공처럼 걷어차며', '돌탑처럼 자라다', '매화의 풍장처럼 무너지다', '시간을 묶으려고 바동거린 꿈의 재미'….

이쯤에서 돌아보게 한다. 놀라운 것이 시인이 거둬들인 역설의 변용과 형상화의 수사적 효과를 극대화하고 있는 시적 성

취다. 여러 가닥으로 흘러온 역설을 한 행으로 싸잡아 완결 지은 '그게 헛기운이란 걸 햇빛이 말해더군요'로 공허한 현실의 재해석 내지 재구성에 이르고 있다. 할 말을 잃는다.

정복언의 시를 들여다보며 왜 변용과 형상화에 포커스를 맞췄는지 이제 들켜버린 게 아닌가. 고도로 압축된 문학 양식인 시라는 용기에 현대 지성의 다양성과 논리를 수용하려면 종국에 시가 난해해질 수밖에 없을지도 모른다. 하지만, 정복언의 시는 그에 대한 명료한 답을 내보인다. 추상의 속살을 들여다볼 수 있는 시안詩眼을 가졌다면 고개 끄덕이리라. 딱 그만큼의 난해다. 그의 역설은 오히려 독자에게 수사적 쾌락을 덤으로 선사하고 있잖은가.

정복언 시에도 회상의 공간이 자리한다. 그것은 단지 과거라는 단조로운 시간 위에 정체해 있지 않고, 인생 과정과 결부짓거나 그것에 유입·이행시키면서 다시 유의미한 기억으로 각인해 낸다. 이 또한 시적 변용이고 형상화의 영역 밖이 아니다.

늙은 세월이
컹컹 목이 메는
막다른 골목

깨진 가슴으로
스며 나는

침묵의 말을
움켜잡고

사랑의 유랑자
바람처럼 흘러온
한 줌의 생

밤의 어둠을 잃고
허공에 남긴 유언
겹겹으로 봉인하고
구름 뒤로
낙관처럼 눌러앉네

—〈낮달〉 전문

'늙은 세월'로 호출된 화자가 막다른 골목에서 컹컹 목이 메어, 깨진 가슴으로 침묵의 말을 움켜잡는다. 가진 게 없던 유년의 궁핍이 침묵으로 흐른 것일까. 유랑자라 했으니, 화자의 성장사엔 어느 한 페이지에 많이 흔들렸던 노마드의 행적이 자리잡고 있을 법하다. 아직 선택되지 않았으나 마지막 이 세상에 남길 유언은 섣불리 할 수 없는 것. 단단히 봉인하고 나서 드디어 하늘을 나는 구름 위에 올라앉더니 한낮에 낙관처럼 찍혔다.

분명, 정복언의 삶을 종적으로 서술한 것으로 읽히는데, 유년에서 청·장년을 거쳐 노년에 이르는 시간의 전개에 대해서는 일언반구의 언술이 없다. 놓치지 말아야 할 게 있다. 화자는 자기 한평생의 짧지 않은 서사적 스토리를 변용하고 형상화했다. 시어의 듬직한 무게감이 우연이 아니다.

장대한 꿈이 있었다. 그러나 앞을 가로막은 무슨 장애였을까. 워낙에 허황했던지 꿈은 미완에 그쳤다.

내가 하늘 천장을 박차고 싶듯
물 밖의 환한 햇살을 동경도 했겠지만
새의 날갯짓처럼 허공을 헤집고도 싶었겠지만

꿈은 꿈으로 빛날 때가 빛나는 것이라
제자리에서 흔들리며
독한 발자국들로 빈 잔을 채웠으리

간간이 비틀대는 꿈을 수장하며
절규를 불태우는 번개의 막춤을
오직 한 번 보고 싶었지만
파도를 일으키는 건
언제나 이루지 못한 꿈이었지
꿈·꿈·꿈

〈미완의 꿈〉 중에서

꿈은 도달하고 싶은 지점에 있어 실현하고 싶게 한다. 이상과 희망의 다른 이름이기도 하다. 그러나 갈구하되 실체도 없거니와 그 실현 가능성은 극히 희박하다. 그래서 더욱 안간힘으로 이루고자 하는 게 꿈일지도 모른다.

허공을 헤집고 싶었던 꿈의 자리로 나아가려 하지만 이르지 못해 빈 잔으로 위무하며, 그래도 비틀대는 꿈, 절규 뒤 막춤으로 만나보고 싶던 꿈, 불끈 광란의 파도로 일어서고 싶었으나 끝내 이루지 못한 꿈, 미완의 꿈.

눈길이 닿는 것이 현실과 꿈의 세계, 두 세계를 대비·상관시킨 것에서 꿈은 상상하고 바라볼 수는 있어도 결코 가질 수 없다는 공空의 이치를 깨닫게 한다. 마치 호면에 떠 있는 달그림자를 바라볼 수는 있어도 건져낼 수 없음과도 같은 이치다. 사람의 일상사가 그렇듯 사심이나 헛된 생각을 버린 연후 본래의 모습을 깨치고 '참나'를 정시하라는 뜻을 담고 있지 않을까.

아무리 버둥거리고 헤집고, 지독한 방황 뒤 절규하며 열광하며 막춤을 추어도, 자신을 파도로 일으켜 세워도, 화자는 꿈을 이루지 못한 채 미완의 경계에 머문다. 그래도 목 놓아 불러보는 꿈·꿈·꿈.

행간에 너울 치는 폭풍의 바다를 노 젓는 화자의 꿈이 애처롭기만 하다.

울려 퍼지던 소리가 산이나 절벽에 부딪쳐 되돌아오는 소리, 그 반향反響이 메아리다. 그리스 신화에 나오는 수다쟁이 님프가 벌로 다른 사람의 말을 따라 할 수밖에 없는 형벌을 받고는 미소년을 보고 사랑에 빠졌으나, 그걸 고백하지 못하고 평생 남의 말을 따라 하다가 나중엔 목소리만 남아 메아리가 됐다 한다. 알맹이가 없으니 공허한 메아리다.

역설의 방에 갇혀 허풍을 떤다
세상은 살기 좋다거나 참 어렵다거나
그건 네 마음이란다
결국엔 다 썩어갈 날것들이 가끔은 환하게 웃고
유치한 실패를 팽개치며 떠벌리는 막말 잔치
그건 네 입이란다
강소주에 담긴 고통의 살점들을 씹으며
인생을 생트집하다가 가득 차오르는 울분
그건 네 심장의 고동이란다
가파른 하루살이 등성이를 떠밀며
허공을 떠도는 정신줄 붙들고
고공의 외줄 타기 놀이에 취해
겨울이 품은 연둣빛 물오르는 소리
못 들었다면
그건 네 변명이란다

수다에 닫뜬 메아리 메아리
온통 나의 말이구나 (후략)

— 〈메아리〉 중에서

정복언의 메아리는 단순치 않아, 가만 보니 별나고 색다른 것들이다.

'역설의 방에 갇혀 떠는 허풍', '유치한 실패를 팽개치며 떠벌리는 날것들의 막말 잔치', '인생을 생트집하다 차오르는 울분', '네 심장의 고동', '겨울이 품은 연둣빛 물오르는 소리,'라 한다. 그리고 메아리들을 은유라는 장치에 단단히 결박해 놓았다. 두 관념 사이의 간극을 좀 더 좁혀 밀착도를 높인 것이 은유다. 'A가 마치 B 같다'가 아니라 'A는 B다'가 은유이기 때문이다. 두 관념 사이의 틈을 없애고 하나로 합일한 것이다.

정복언의 시적 수사에서 직유를 만나기 어려운 것은 그가 비유법의 나태한 습성을 털어버리려 줄곧 내공으로 애써 온 수사적 성과의 하나다. 그의 시가 고도의 역설적 기교에 길들어 있는 것의 확고한 증거다. 그 예로 이 시의 '유치한 실패를 팽개치며 떠벌리는 막말 잔치', '겨울이 품은 연둣빛 물오르는 소리'를 들면 어떨까. 극명한 역설의 수사는 은유의 상층에서 시를 더욱 비옥게 할 것이다.

화자의 역설과 은유는 종국에 변용과 형상화에 안착해 시의 함축성에 실질적으로 기여함은 말할 것이 없다.

정복언의 '메아리'는 공허한 듯 독자의 영혼을 흔들고 가슴을 울리는 반향으로 자욱하다.

남의 일에 끼어들어 이래라 저래라 하는 게 훈수다. 충고는 긍정적인데 훈수는 부정적이다. 충고는 상대의 결함이나 잘못을 진정으로 타이르는 것인데, 타이른다 함은 잘 깨닫도록 이치를 밝혀 다독여 준다는 뜻이다. 그것은 따뜻하고 우호적이고 자상한 인간적 가르침이다.

누가 내 시집을 읽은 후
시가 안 들었다고 말하더라

그대는 붕어빵에서
붕어를 본 적이 있느냐고
나직이 대꾸했지만

왠지, 맑은 세상에
시 쓰레기 한 움큼
내다 버린 것만 같아
머리가 새하얘졌다 (중략)

바람이 스치며 한마디 한다
가슴 깊이 들어가
어두운 골목 끝에 매장된 원석
한 짐 짊어지고 와 보았느냐
그걸 걸러내

바람을 만들어 봐라 한다

나는 맥없이 주저앉았다가
번쩍 정신 들어 일어섰다
불가능에 도전할 때 뿜어내는
눈부신 광채를
간밤 꿈에서 보았기 때문이다

—〈바람의 훈수〉 중에서

이 시 모두에서 놀라운 게, '누가 내 시집을 읽은 후 시가 안 들었다고 평하더라' 다음 이어지는 '그대는 붕어빵에서 붕어를 본 적 있느냐고 나직이 대꾸했다'는 화자의 관대한 수용이다. 더욱이 '나직이'의 낮춤의 말. 워낙 부박한 세상이라 훈수가 비아냥이거나 수준 미달인 경우가 대부분 아닌가. 마뜩잖은 훈수에 이렇게 대응하면 어떨까. '꼬우면 니가 해보든가.'

하지만 정복언은 '자신의 시를 내다버린 한 움큼 쓰레기라 비하하며 머릿속이 하얘졌다.'고 토정했다. 한없이 둥글고 유연한 겸양의 언어다.

그게 어떻게 쓴 시인가. '숨 놓기 전/ 시 한 편 건지려/ 천하를 주유하듯 기웃거려' 여기저기서 무수한 낱알에 섞인 이 골라내듯 손이 닳도록 주워 모은 시….

화자는 점차 바람의 훈수에 귀를 세운다. '어두운 골목 끝에 매장된 원석/ 한 짐 짊어지고 와 보았느냐/ 그걸 걸러내/ 바람

을 만들어 봐라 한다'

정복언은 주저앉았던 자신을 추슬러 세운다. 시인으로 지탱해 온 눈부신 광채를 간밤 꿈에서 보았던 것이다. 불가능에 도전할 때 뿜어나던 그 광휘. 시인은 자신이 시를 시작했던 원래의 자리로 돌아와 분연하게 맞선다. 원점으로의 회귀다. 눈 떴다. 화자의 심안을 뜨게 한 것은 바람의 훈수다.

대화법이 시에 생기를 불어넣은 것, 자신의 시를 '쓰레기 한 움큼'이라 한 과감한 은유가 정복언 시의 위계를 더한층 높여 놓았다.

툭 툭 툭 통꽃으로 진다. 진 자리가 선혈로 낭자하다. 마침내 죽어서 말하는 꽃, 평생 두고 맺혔을, 무슨 한恨인가.

역사의 굽잇길에서
칼바람을 맞서며
붉은 항변 토해 놓고

굽힐 수 없는 이념
목숨보다 귀히 여겨
젊음마저 스스럼없이 떨구는
투혼의 절규

4월을 활활 태워

기억 깊숙이 찍어놓은 화인

붉디붉어 천년인들 못 넘으랴

—〈동백꽃〉 중에서

삭풍이 휘몰아치는 한겨울, 황량한 섬의 들녘에 모질게 피는 꽃이 동백꽃이다. 경칩이 돼야 피기 시작하는 다른 꽃들과 달리 경칩 훨씬 전에 핀다. 꽃의 생리가 다른 꽃과 다른 게 11월에 피기 시작해 혹한을 무릅쓰고 2~3월에 만발한다.

꽃 자체가 수려한데다 다른 꽃들과 달리 꽃잎 하나하나가 떨어지지 않고 한 송이가 통째 낙화하는 꽃이다. 꽃이 거느리는 아열대 기후 환경과 송이째 낙하하는 것이 제주 역사의 참절한 비극, 그 속으로 스러져 간 무고한 희생자들의 넋을 보는 것 같다. 동백꽃은 이제 제주 4·3을 상징하는 꽃이 됐다.

정복언은 동백꽃이 무더기로 진 현장에서 '칼바람을 맞서 붉은 항변을 토해 놓았다'고 했다. '젊음마저 스스럼없이 떨구는 투혼의 절규'라 이어간다. '4월을 활활 태워 기억 깊숙이 찍어놓은 화인'이라면서 피 흘려 '붉디붉으니 천년인들 못 넘으랴' 하고 있다.

해마다 4월이면 도지듯 되살아나는 역사의 비극 속으로 동백꽃은 핀다. 붉디붉게 피었다 시절을 못 다한 채 지고마는 꽃, 앞으로도 제주의 아득한 시간 속으로 끊임없이 피고 질 것이다.

'절규', '화인' 등 시인의 의식 속으로 깨어난 처절한 역사의 비극이 시를 붉게 물들인다. 화인은 가축의 엉덩이에 벌겋게 달군 쇠로 찍는 낙인 아닌가.

목청 놓아 터뜨리는 열변, 목청만 아니다. 온몸으로 토해 자신의 말을 청중에게 설파한다. 주위를 압도하는 격한 말의 폭포, 웅변이 끝나고 뒤가 몹시 공허한 건 왜일까.

가을은
단풍잎 하나로
그것 하나로
하고픈 얘길 다하더군

그대 가슴도
붉어지던가
활활 타버리던가

—〈웅변〉 전문

정복언이 생각하는 '웅변'은 세상을 뒤흔드는 사자후가 아니다. 온 산을 붉게 노랗게 가을로 물들이는 단풍잎이다. 말하는 게 아니라 세상을 채색한 뒤 자신을 태워버리는 강렬한 가을 언어, 단풍잎. 울긋불긋 빛깔로 한세상, 한 시절—그 시공을 가슴 속에 담아내고는 자신을 활활 태운다. 웅변은 자신을 태워 버리는 것, 색色이 공空으로 회귀하는 것이거늘, 허공에 흩어 놓을 무슨 말이 남겠는가. 오직 그대 가슴 붉어지면 그만인 것을.

순우리말로 쓴 시에 주목한다. 한자어가 비운 자리에 순우리말들이 눈을 반짝이고 있다. 난해해 가는 시에 낯선 한자어까지 가세해 독자를 난감하게 할 일이 무엇이랴. 평이한 순우리말들이 쌓였는데, 시라고 어려운 말을 골라 써야 할 하등의 이유가 없다. 이를 전매특허처럼 생각하는 이들이 있다면, 그것은 순전히 가치전도거나 시대착오다. 버리지 못한 현학취미다. 궁극엔 시도 이해이고 전달이다.

하고픈 얘기를 다하는 단풍잎, 정복언은 '웅변', 그 한 낱말로 변용하고 형상화함으로써 거뜬히 함축해 놓았다. 그대 가슴 붉어지고 활활 탔다면, 웅변이 에둘러 해낸 감동일 테다. 진정 시란 이런 것이다.

밥은 삶의 준거다. 온갖 사고와 행동거지가 밥에서 발원한다. 밥에 울고 밥에 웃는다. 실제 그러면서 그 궁핍의 어지럼증 속에서 어둡고 지루한 역사의 터널을 지나왔고, 암울한 시대의 강도 건넜다. 때론 단순할 필요가 있다. 살기 위해 먹어야 했고, 먹기 위해 살아야 했다, 밥을.

한세상이 이렇게
단순하던가
궁박에 포박당한 나날들
바둥거리다 세월마저 늙었으니

내 어느 젊은 날
식은 밥그릇 앉힌 절뚝이는 밥상
걷어찬 죄, 발설하지 못한
울음이 참회보다 두려워
하늘만 바라보는 날이면
이따금 튀어나와
밥상 앞에 마음을 꿇게 하네

밥으로 살고 밥에 죽는
하 수상쩍은 사람 중 하나
바로 나였으니, 한 이틀쯤 곡기를 끊어
허기진 포만을 어르려 하네

—〈밥〉 중에서

'식은 밥그릇 앉힌 절뚝이는 밥상 걷어찬 죄'라 했다. 속죄할 수 있을까. 중죄다. 다른 것도 아닌 밥상을 왜 걷어찼던 걸까. 배가 등에 붙게 굶기를 밥 먹듯 하던 적빈 시절, 시원찮은 먹거리라, 매일 먹는 서속밥에 반찬이라고는 김치 몇 조각이나 멸치젓갈이라 성가셨을 것이다. 김지하 시인은 "밥은 하늘"이라고 했다. 젊은 날 '하늘'이 내려앉은 밥상을 걷어찼으니 이런 불경이 없다. 죄에 눌려 어디 있는 줄 모르게 숨었다 하늘을 바라보는 날이면, 마음이 한 발 앞서가 밥상 앞에 꿇어앉는다고 했다.

밥으로 살고 밥에 죽는다고 화자, 밥에 지은 죄 참회하느라 이틀쯤 곡기 끊어 허기진 포만을 달래려 하고 있다. 그러면서 가난의 죄업이라 하지 않는 시인, 그의 성숙한 의식에 옷섶을 여며다 숙연히 고개 숙인다. 7080세대. 차마 말하기조차 서러운 그 시대를 빈 뱃속을 속이며 지나왔다.

'허기진 포만'엔 그 한 시대의 풍경이 역설로 빵빵하게 함축돼 있다. 평자도 배부르다. 오랜만의 포만이다.

선인장은 열사 속, 지구에서 가장 척박한 환경인 사막에 산다. 꽃이 현란한 이유는 간단하다. 연중 며칠밖에 꽃을 피우지 못하므로 수분을 돕는 새의 눈길을 끌려는 유인책으로 사막의 경험칙이다. 참 영악하다.

그러나 함부로 다가오진 마세요
주어진 거리보다 가까워지면 본의 아니게
꿈틀거리는 가학증이 부풀어 오를지 모르니까요
눈 감은 바람이 다가와 나를 쓰다듬다가
고통의 진수를 들이켜고 윙윙 울 때
나도 함께 울며 생각했어요
왜 태어났을까, 왜 태어났을까 하고
원망이 아니라 근원을 찾고 싶은 거지요. (중략)
물가의 유혹을 멀리하라는 선대의 유훈을
날마다 되새깁니다

—〈선인장을 읽다〉 중에서

다육으로 간신히 사막을 견뎌내는 모질이도 모진 생명, 그가 살아가는 기후를 경험하진 않았지만, 그곳을 살아내는 것이 도대체 선인장 말고 몇일까. 화자는 단도직입으로 '함부로 다가오지 말라' 경계한다. 외부의 공격으로부터 살아남기 위한 방어기제 가학증의 작동을 선포함이다. 그렇게 살아남았던 그대로를 여실히 내보임일 뿐이다. 행여 겁 없이 접근했다 가시에 찔려 목마른 자, 고통의 진수를 들이켜며 소리쳐 울 때 동병상련으로 화자도 울어 버린다. 왜 태어났을까고, 근원을 물어가면서. 선인장은 물가의 유혹을 뿌리치려 전대의 유훈을 날마다 새긴다. 생을 다하는 날까지 목마름으로 있으려는 것이다. 당최 뿌리박은 그곳, 불타는 열사의 땅에.

마지막 행이다. 묻지 않았으되 화자는 이유를 자답한다. '푸른 발자취를 잠시 남기고 싶어서지요'

스케치하듯 대상의 외형만을 그리지 않았다. 오히려 내면의 꿈틀거림, 숨결, 속삭임, 꿈, 마음, 의지, 원망願望을 읽어 내고 있다. 선인장이 여느 식물과 다르게, 신선한 생명으로 다가온다.

대상을 의인화함으로써 감정이입의 경계가 확장된 것은 또 하나의 시적 수확이 아닐까 한다.

초자연적 존재에 기대는 게 주술이다. 혜성은 꼬리가 빗자

루같이 길어, 길을 쓸고 가는 불길한 조짐으로 보았다. 융천사(신라 진평왕 때 승려)가 〈혜성가〉라는 향가를 지어 불렀더니, 천체의 괴변인 혜성은 간데없고 침범한 왜병이 달아나 버렸다. 향가 덕분에 불길한 징조가 길조로 변했다. 〈혜성가〉는 언어의 탁월한 주술적 기능을 지닌 서정시로 전해진다.

호수에 안긴 하늘 미안한 얼굴 보시고
늙은 가지에 안긴 새들의 미소도 보시게
이승의 한낮은 육탈을 예언하는 시간
지는 꽃의 순한 유서를 읽으시고
착한 나무 선 채로 기도하는
천년의 세월을 가늠해 보시게
슬픔이 기쁨을 호출하는 삶의 쳇바퀴
알 듯 말 듯 오름은 능선을 이루고
날것들의 생피를 안타까워하는
녹음 짙은 계곡의 탄식을 들어보시게
가을날 은행잎 쏟아지는 사랑의 허망을
심장으로 느끼며
잠들지 않고 부르는 시간의 자장가에
곤히 잠들어 보시게
투박하고 성긴 나의 시는 흙의 거름으로 쓰시게
혹시 움트는 싹이 손 내밀거든 후하게 덮어 주시고
땅이 메마르기 전 물도 뿌려 주사게

사는 게 그런 거라고 속된 말을 거두시고

바닥에 무릎 꿇고 천지 더럽힌 일 참회하시게

—〈내게 거는 주술〉 전문

시집의 표제작이다.

초자연적 존재나 절대자인 신에게 경도되지 않고, 제목 그대로 '내게 거는 주술'이다. '~하시게'의 점잖은 명령종결형이 여덟아홉 번(연결형어미'~고'로 나열된 것 포함) 반복되면서 간원懇願하는 바 자신에게 거는 주술이 처연히 이어진다. 메시지가 점층적으로 심화되는가 싶더니 그 울림 또한 강렬해 가는 기법에 하중이 실렸다. 자연 눈이 따라간다.

주술의 대상이 '하늘 얼굴, 새들의 미소, 지는 꽃의 유서, 천년의 세월, 계곡의 탄식, 잠들지 않고 부르는 시간 속의 잠, 내 시를 흙의 거름으로 쓰길, 움트는 싹을 덮어 주길, 땅에 물을 뿌려주길, 속된 말 거두기, 천지 더럽힌 일의 참회'에 이른다.

가시적인 것과 추상적인 것이 혼재해 흐르다 마지막 지점에 이르러 화자의 주술이 한 층위 크고 높고 넓게 포괄하면서 '참회'에 멎고 있다. '바닥에 무릎 꿇고 천지 더럽힌 일'에 대한 참회다. 표제작의 키워드답게 포괄적이다.

시의 행간으로 화자의 간절한 기도가 내리고 있다.

3_

연전에 시인의 집에 갔던 적이 있다. 시골집 같은 골목길이

정겨웠다. 너른 뜨락을 채우고 있는 분재들에 시선을 빼앗겼다. 손수 가꾸어 일상이 묻어나는 분재에서 시인의 냄새가 났다. 울 안팎에 진동하는 그만의 냄새였다.

시인의 냄새를 맡고 싶은 충동에 나는 어느새 시인의 관찰자가 돼 있었다. 군락을 이룬 분재 세상, 시인은 오래전부터 분재에 푹 빠져 있었다. 이슬 내리는 축축한 새벽의 시간 속으로 깨어나 눈 맞추고 말을 걸며 하루를 열어가는 게 보였고, 목마를라 물을 흠뻑 주며 기후를 염려하는 따뜻한 생명지상주의자 시인을 상상했다. 움트고 꽃 피고 열매 맺는 순간, 생명의 숨결 속으로 내리는 영감에 손 내밀어 쓰던 시의 마지막 줄을 완성했을 것이다. 움틈과 꽃과 열매의 시절, 생의 맥락과의 조우는 시인을 달뜨게 했으리라. 어느 달빛 애애한 밤, 분재 가지 끝에 내려 반짝이던 새하얀 시의—끝내 뜰채로 포획하려다 놓치고 만—민낯을 시인은 평생 잊지 못할 것이다. 안간힘으로 시에 기울이는 연유다.

때로 시인은 가위를 들고 다가가 게을리 돋아난 자잘한 문장의 부스러기를 도려내듯, 시의 미학 논리에 배반하는 웃자란 가지들을 과감히 전정한다. 정복언은 분재하며 시를 키운다. 분재가 자라면 자란 만큼 시도 자란다. 분재가 꽃을 피우면 시인은 그를 모방하며 뻥 터뜨릴 한 송이 꽃, 시의 개화를 갈구하며 분재에 바짝 기대선다.

정복언은 시적 변용의 가파른 능선을 타 내렸고, 추상의 형상화를 끌어안아 그 마지막 지점에 안착한 것 같다. 제2시집 『내게 거는 주술』에 실린 68편 면면들을 보며 다시 허물을 벗은 시의 환골탈태에 놀랐다. 눈길 종잡아 두지 못하게 놀랐다.

정복언이 시단에 얼굴을 내민 것이 2016년, 첫 시집을 낸 게 2020년이니, 등단에서 6년, 시집 출판이 불과 2년이 차지 않았다. 그것도 그냥 작품이 되니 시집을 내 늘어선 줄에 끼어들자는 셈법이 아니다. 그가 치열하다는 건 가까이서 간간이 보아 지레짐작하던 것이나, 그의 시편을 받아본 충격은 경악 수준이었음을 실토한다.

정복언은 시를 손으로 쓰지 않고 가슴으로 하다 몸으로 부딪친다. 안되면 목전의 벽을 허물기 위해 영혼을 불러낸다. 쓰고 지우고 또 쓴다. 일흔의 고빗길에서 잇몸에 젖니 돋아나 좋아라 손뼉 치는 아이의 마음으로 쓴다.

시를 쓰다 먼 뇌성에 전전반측輾轉反側 잠을 이루지 못하고 불면의 밤을 수없이 겪었을 것을 왜 모르랴. 변용이 빛은 개성적 시어, 참신한 시상과 샘솟는 주제의식, 구성 전개의 시도적 접근 노력 그리고 그 무엇보다 좋은 시를 향한 구도적 기원의 말과 몸짓….

시간을 치고 올라온 정복언은 이제 그가 그토록 희구하던 시의 한복판을 점령했다. 풀이 무성하니 잡풀 무더기에 갇히지 않게 삼가며 지금 이대로 하면 좋을 것이다. 시는 결국 인간에 귀속된다. 언어 조작으로서의 시가 아닌, 인간의 현실을 담아내야 한다는 뜻이다. "시는 가장 행복하고 가장 선한 마음의 가장 선하고 행복한 순간의 기록"이라 했다. 셸리의 말이다.

시를 향한 시인의 걸음걸음 행복이 충만하기를 빌며, 건필하기 바란다.

정복언 제2시집

내게 거는 주술

초판인쇄 2022년 9월 20일
초판발행 2022년 9월 30일

지은이 정복언
펴낸이 노용제
펴낸곳 정은출판
주 소 서울특별시 중구 창경궁로 1길 29 (3F)
전 화 02-2272-9280
팩 스 02-2277-1350
이메일 rossjw@hanmail.net
홈페이지 www.je-books.com

ISBN 978-89-5824-256-7 (03810)
값11,000원

* 이책은 제주특별자치도 제주문화예술재단의 2022년
문화예술지원사업 후원으로 발간되었습니다.